사천시

창선대교타운
창선·삼천포대교

동대만 진지리길

냉천어촌
체험마을

당항항

공룡발자국화석

고사리밭길

고사리밭
동대만갯벌

곤유마을

동대만휴게소

창선방조제 갈대밭

적량해비치마을

말발굽길

대방산

창선면

보현사

장포항

모상개해수욕장

추섬공원

창선교

지족어촌
체험마을

원예술촌

이동면

봉화마을

독일마을

화전별곡길

물건리 방조어부림

내산산촌체험마을

삼동면

신전 숲

화전길

원천

바람흔적미술관

물미해안
전망대

남해금산
보리암

나비생태공원

편백휴양림

상주면

내산편백숲

벽련마을

미조면

두모드므개체험마을

천하몽돌
해수욕장

초전항

섬노래길

소량마을

상주
은모래비치

금포항

송장

무민사

대량마을

비룡계곡

유람선
선착장

솔바람해변

미조
상록수

구운몽길

일몰전망대

설리전

KB014421

남해, 바다를 걷다

남해, 바다를 걷다

고두현
남해 시
선집

민음사

상주은모래비치 유채 사진 ⓒ 남해군

금산에서 본 상주은모래비치

가천다랭이마을

독일마을

독일마을의 밤

남해 노도

물미해안도로

물미해안도로

금산 보리암

지족 원시어업 죽방렴

남해는 둘이서 한 몸을 이루는 섬입니다. 남해라는 바다 이름과 남해라는 섬의 이름을 동시에 지녔지요. 큰 섬인 남해도와 작은 섬인 창선도가 아이를 보듬고 있는 어머니를 닮은 섬. 그래서 남해는 어머니의 섬이자 사랑의 섬입니다. 그 속에서 「늦게 온 소포」의 송신음과 「물미해안에서 보내는 편지」, 「바래길 연가」의 수신음이 함께 울리지요.

남해는 저의 고향이자 문학적 모성의 원천입니다. 등단작 「남해 가는 길―유배시첩(流配詩帖)」을 비롯해 수많은 작품이 이곳에서 탄생했지요. 그런 점에서 남해는 시의 섬이자 그리움의 섬입니다.

남해 노을을 꽃노을이라 하고, 남해 바다를 꽃바다라 하며, 남해 물빛을 꽃빛이라고 합니다. '한 점 꽃 같은' 이 섬에서는 누구나 시인이 됩니다. 미국 시인 조이스 킬머가 '나무보다 더 아름다운 시를 내 다시 보지 못하리'라고 했듯이 '남해보다 더 아름다운 시를 내 다시 보지 못하리'라고 표현해도 모자라지 않습니다.

몸 전체가 시의 발신처이자 수신처인 섬. 이곳에서 당신을 만날 날을 꿈꿉니다.

2020년 5월
고두현

차 례

1부

남해 바다,
꽃 같은 섬에 닿아 너를 생각한다

물미해안에서 보내는 편지

저 바다 단풍 드는 거 보세요.
낮은 파도에도 멀미하는 노을
해안선이 돌아앉아 머리 풀고
흰 목덜미 말리는 동안
미풍에 말려 올라가는 다홍 치맛단 좀 보세요.
남해 물건리에서 미조항으로 가는
삼십 리 물미해안, 허리에 낭창낭창
감기는 바람을 밀어내며
길은 잘 익은 햇살 따라 부드럽게 휘어지고
섬들은 수평선 끝을 잡아
그대 처음 만난 날처럼 팽팽하게 당기는데
지난여름 푸른 상처
온몸으로 막아 주던 방풍림이 얼굴 붉히며
바알갛게 옷을 벗는 풍경
은점 지나 노구 지나 단감 빛으로 물드는 노을
남도에서 가장 빨리 가을이 닿는
삼십 리 해안 길, 그대에게 먼저 보여 주려고
저토록 몸이 달아 뒤척이는 파도
그렇게 돌아앉아 있지만 말고
속 타는 저 바다 단풍 드는 거 좀 보아요.

나에게 보내는 편지

—— 앵강만

아름다운 풍경 볼 때마다
생각한다.
오래전부터 여기
있던 사람.

너무 익숙해 곁에 있는 것조차
잊어버리고 사는 동안
잔잔한 호수 가득 차올라
혼자 반짝이는
그대.

얼마나 깊은 아름다움인 줄
늦게 깨달은 사람
물빛 깊은 바닥부터 들여다보는구나.

사랑은 그냥 물빛이 아니라
바라보아도 바라보아도 물리지 않는
하늘빛

그곳으로 은하가 흐르고
별빛 찰랑거릴 때
내 안에서 함께 사운대는
물결

가까이 있어 미처 몰랐던
풍경, 호수에 비친
그대 모습
오래도록 바라보노니.

보고 싶은 마음
— 금산 산장에서 보낸 한 철

휴대폰 없이 산에서 지내는 동안
하늘색 공중전화가 있는
절 마당까지 뛰어갔다가 동전은 못 바꾸고
길만 바꿔 돌아올 때

보고 싶은 마음 꾸욱 눌러
돌무지에 탑 하나 올린다.

먼 그대

촛대바위 돌 틈
뾰족하게 솟은 석란.

당신 처음 본 뒤
그냥 지나는 날 하루도 없었지요.

칼바람에
얼마나 몸을 벼렸으면
아아, 그토록
날이 섰나요.

간밤에

눈이 오신다고
잠 깰까 봐
전화 대신 이렇게
메일로 보낸다고

눈길 속을 소리 없이 왔다 간
네 발자국 때문에
새벽꿈이 그리
뽀드득거렸나.

짝사랑

── 금산 상사바위

빈 들판 한가운데
홀로 젖는 산

꽃잎 진 자리마다
새로 돋는 남녘 길을

제 몸의 상처 지져
찻잎 따러 가던 사람아.

치자꽃 피던 밤
—— 남해 치자, 미당풍으로

그날 밤
밭언덕에 등불처럼
하얗게 핀 널 잡으려고
어둠 속을 달리다가 그만
달고 신 네 손목에다 나는
어쩌자고 코피를 쏟고

그날 이후 날마다
못 견디게 그리울 땐
샛노랗게 온몸 꽃멍이 들어

해마다 유월에 피었다가
시월에 맺는 줄 알겠지만
치자 물 든 밭언덕만 보면
등불처럼 하얀 네 손목에다
붉은 씨를 뿌리고 싶어

그날 밤 이후
나는 늘 꽃만 보면 코피를 쏟고.

마음의 액자
— 다랭이마을에서

멀리 있는 것이 작아 보이고
가까이 있는 것이 커 보이는
원근법의 원리 이미 배웠지만
세상 안팎 두루 재 보면
눈에 멀수록 더 가깝고 크게 보이는 경우도 있지요.
오늘처럼
멀리 있는 당신.

어느 날 문득 내게로 오는 것이
돈오돈수(頓悟頓修)의 유리 거울이라면
끊임없이 가 닿기 위해
나를 벗고 비우는 일이
원근보다 더 애달픈 사랑이라는 걸
마음의 액자 속에서
비로소 깨달은 오늘.

초행

처음 아닌 길 어디 있던가

당신 만나러 가던
그날처럼.

남으로 띄우는 편지

봄볕 푸르거니
겨우내 엎드렸던 볏짚
풀어놓고 언 잠 자던 지붕 밑
손 따숩게 들춰 보아라.
거기 꽃 소식 벌써 듣는데
아직 설레는 가슴 남았거든
이 바람 끝으로
옷 섶 한 켠 열어 두는 것
잊지 않으마.
내 살아 잃어버린 중에서
가장 오래도록
빛나는 너.

창세

— 남해 여행

갈수록
짧아진다.

떠나온 길에서
돌아갈 곳까지

날마다 좁혀지는
행성의 간격

사백 년 전
처음 본

갈릴레오
망원경

그곳에서 출발한
너라는 별.

2부

바래길 연가,
독일마을에 가거든

바래길 첫사랑*

깊고 푸른 바닷속
그리운 사람에게

편지 몰래 건네주고
막 돌아오는 길인가 봐

얼굴 저렇게
단감 빛인 걸 보면.

* 바래길: 옛날 남해 어머니들이 물때에 맞춰 바지락이나 파래, 미역 등 해
산물을 채취하러 다니던 길. '바래'는 바닷가에서 해초나 어패류를 채집
하는 일 또는 그 사람을 뜻한다. '제주 올레길'처럼 남해 섬을 한 바퀴 따
라 걷는 '남해 바래길' 코스가 아름답다.

달의 뒷면을 보다
— 바래길 연가 · 섬노래길

송정 솔바람해변 지나 설리 해안 구비 도는데
벌써 해가 저물었다

어두운 바다 너울거리는 물결 위로
별이 하나 떨어지고
돌이 홀로 빛나고
그 속에서 또 한 별이 떴다 지는 동안
반짝이는 삼단 머리 빗으며
네가 저녁 수평선 위로 돛배를 띄우는구나

밤의 문을 여는 건 등불만이 아니네

별에서 왔다가 별로 돌아간 사람들이
그토록 머물고 싶어 했던 이곳
처음부터 우리 귀 기울이고
함께 듣고 싶었던 그 말
한때 밤이었던 꽃의 씨앗들이
드디어 문 밖에서 열쇠를 꺼내 드는 풍경

목이 긴 호리병 속에서 수천 년 기다린 것이
지붕 위로 잠깐 솟았다 사라지던 것이
푸른 밤 별똥별 무리처럼 빛나는 것이

오, 은하의 물결에서 막 솟아오르는
너의 눈부신 뒷모습이라니!

너를 새기다
—— 바래길 연가·앵강다숲길

다랭이마을에서
앵강다숲길로 접어들 때
너는 말했지

필사(筆寫)란 누군가를 마음에 새겨 넣는 일
그 속으로 가장 깊이 들어가는 것

일흔 괴테와 열아홉 울리케가 밤마다
먼 입맞춤을 봉인하던 마리엔바트의 비가처럼
나도 몸속 나이테 깊이 너를 새겨 넣을 수 있다면,

버드나무 하늘하늘 부드럽게 흔들리는
그 가지 한 줄기씩 바람에 새겨 넣을 수 있다면,
책갈피 넘길 때마다 한 소절씩
네 속에 빗살무늬 노래를 그려 넣을 수 있다면,

해변의 나무들이 일제히 몸을 뉘일 때
그쪽으로 고개 돌리는 네 흰 목덜미
그 눈부신 악보를 받아 적을 수 있다면,

그때까지 차마 못한 첫 모음의 아아아 둥근 그
사랑의 음절들을 온전히 다
너에게 새겨 넣을 수 있다면,

층층계단 다랭이논길 따라
앵강만 달빛이 흥건하게 우릴 적시던
그날 밤의 긴 여로처럼.

천년을 하루같이
── 바래길 연가 · 물건방조어부림 1

그 숲에 바다가 있네
날마다 해거름 지면
밥때 맞춰 오는 고기

먼 바다 물결 소리
바람 소리 몽돌 소리
한밤의 너울까지 그 숲에 잠겨 있네

그 숲에 사람이 사네
반달 품 보듬고 앉아
이팝나무 노래 듣는

당신이 거기 있네
은멸치 뛰고 벼꽃 피고
청미래 익는 그 숲에 들어

한 천년 살고 싶네
물안개 둥근 몸
뽀얗게 말아 올리며

천년을 하루같이
하루를 천년같이.

그 숲에 집 한 채 있네
— 바래길 연가·물건방조어부림 2

그 숲 그늘 논밭 가운데 작은 집 하나
방학 때마다 귀가하던 나의 집

중학 마치고 대처로 공부 떠나자
머리 깎고 스님 된 어머니의 암자

논둑길 경중 뛰며 마당에 들어서다
꾸벅할까 합장할까 망설이던 절집

선잠 결 돌아눕다 어머니라 불렀다가
아니, 스님이라 불렀다가

간간이 베갯머리 몽돌밭 자갈 소리
잘브락대는 파도 소리 귀에 따숩던

그 집에 와 다시 듣는 방풍림 나무 소리
부드럽게 숲 흔드는 바람 소리 풍경 소리.

먼 바다 기억 속을 밤새워 달려와선

그리운 밥상으로 새벽잠 깨워 주던

후박나무 잎사귀 비 내리는 소리까지
오래도록 마주 앉아 함께 듣던 저 물소리.

팽나무를 포구나무라고 부르는 까닭
— 바래길 연가·물건방조어부림 3

어떻게 숲 전체가 천연기념물로 지정됐을까
오래된 일이지만 예전부터 궁금했지.
이 숲 속 팽나무를 우린 포구나무라고 배우며 자랐지.
소금기에 강해 포구(浦口)에서 쑥쑥 큰다고.
포구 열매에선 늘 풋내가 났지.
푸조나무는 어때? 오래 오래 푸근하고 넉넉하고
편안한 그늘 드리워 준다고 그렇게 불렸대.
이팝나무 꽃은 입하 무렵에 피지. 흰 쌀밥 닮은 이팝
꽃잎.
고봉밥처럼 풍성히 피어야 풍년 든다고 아버진 말씀하
셨지.
아 보리밥나무도 있네. 씨 모양이 보리밥 같아 그렇게
부르는
보리수나무, 보리똥나무, 볼레나무……
그러고 보니 모두 먹는 타령이군.
비바람 해일 풍랑 다 막아 주고
긴 숲 그림자로 물고기까지 불러들이는
물건방조어부림에 와 보면 왜 그런지 알게 되지.
그 숲 참느릅나무 그늘 아래 숨죽이고 앉아

손가락 걸어 본 사람들은 이미 다 아는 사실이지만 말이야.

독일마을에 가거든
— 바래길 연가·화전별곡길

남해 독일마을에 가거든
다정하게 손잡고 언덕길 오르면서
푸른 바다 붉은 지붕 예쁘다 예쁘다

환상의 커플에 나온 철수네 집도 좋고
배롱나무 라일락 원추리 튤립 장미
온갖 꽃 만발한 원예예술촌도 좋지만

그리움의 종착역에 등장하는 파독 간호사
천길 갱도에서 까맣게 웃던 흑수광부
탄가루에 박힌 별 같은 사연도 보고 오세요

"지하 1000미터 아래에서 배웠다
끝나지 않는 어둠은 없다는 것을."
파독 광부 신병윤 씨의 친필 명언

아침마다 외치던 소리
글뤽 아우프(Gluck Auf·살아서 올라오라)! 글뤽 아우프!
그리운 고향과 가족, 자신에게 하던 약속들

새로 생긴 파독전시관서 앳된 처녀 여권 사진과
고국에 보낸 송금 영수증, 월급 명세서
손때 묻은 흑백 영상 보고 나면 눈물 쏟게 되지요

향긋한 풀잎지붕 꽃담길 지나 언덕길 끝나는 그곳
사랑하는 사람과 다정히 손잡고
그 마을에 함께 가거든 꼭.

3부

노도, 구운몽……
앵강만의 봄빛

남해 가는 길
— 유배시첩(流配詩帖) 1

물살 센 노량 해협이 발목을 붙잡는다.
선천(宣川)서 돌아온 지 오늘로 몇 날인가.
윤삼월 젖은 흙길을
수레로 천 리 뱃길 시오 리
나루는 아직 닿지 않고
석양에 비친 일몰이 눈부신데
망운산 기슭 아래 눈발만 차갑구나.
내 이제 바다 건너 한 잎
꽃 같은 저 섬으로 가고 나면
따뜻하리라 돌아올 흙이나 뼈
땅에서 나온 모든 숨쉬는 것들 모아
화전(花田)을 만들고 밤에는
어머님을 위해 구운몽(九雲夢)을 엮으며
꿈결에 들던 남해 바다
삿갓처럼 엎드린 앵강*에 묻혀
다시는 살아서 돌아가지 않으리.

* 앵강: 서포(西浦) 김만중(金萬重)이 만년에 유배 왔던 남해 노도(櫓島) 앞바다 이름.

울타리 밖에 채마밭을 짓고
── 유배시첩(流配詩帖) 2

흐린 날엔 텃밭에 나가
익모초 잎을 딴다.
초막 뒤로 지는 노을
시린 팔목도 굽은 어깨도
진눈깨비에 젖어 흐르다 보면
못다 한 이승의 아름다움
쑥대궁 뿌리마다 단단히 박아 두고
어즈버 내가 없는 날
봄 푸른 들판 되어
꽃 피고 새 움이 돋듯 그렇게
다시 살았거라 두고 온 것들도 수런대며
돌아와 뒤뜰 동백잎 함께 아물어 갈 때
일어나 터지거라 터지고도 모자라면
또다시 누워 채마밭이 되고 새암이 되고
먼 데서 오는 한 벗 구름뿐인 고요가 되고
슬픔이 되어 내 묻힌 노지나 묘등에
땅만 보고 섰을 풀줄기 되라.

안부
— 유배시첩(流配詩帖) 3

동물 끝 바위 갈매기 한 쌍 닿았구나.
벼랑 아래 끊임없이 밀려와
부서지는 파도
눈에 뵐 만하면 멀어지고
나랏님 열두 번 벼슬
때마다 사양하고 혼자 예 앉았으니
망망한 대해가 내게로만 무너지네.
어지러운 잡풀 사이
소나무처럼 우뚝 선 새
해풍에 상하지 않을까
밤이 되면서 근심이 깊어졌다.
물소리 쿵쾅이는 잠 속에서도
새는 떠나지 않고
부리만 갈고 있다.
속절없이 웅숭거리는 바람 따라
하얗게 일어서는 저
뼈, 혹한보다 더 시린
그대의 안부.

적소에 내리는 눈
── 유배시첩(流配詩帖) 4

강화바다를 생각한다.
아버님은 왜
스물한 살 꽃다운 해평 윤씨
만삭의 아내를 두고 순절을 택했을까.
종묘사직 섬으로 쫓기고
얼었던 내 땅의 강물들 소리치며 일어나
깨었거라 깨었거라 짓쳐 펄럭거릴 때
가진 것 없는 산천만 몸달아 울고
상처 난 대숲과 들판 뒤엉켜
서해로 몰려드는데
나부끼는 패장의 깃발 등에 꽂고
절망뿐인 눈물 붉게 흘렸던 아버님
그 밤의 마지막 슬픔 다 알지 못하리.

지아비 잃고 바다 위에 떠
돛폭처럼 울부짖다
어머님 날 낳으니
유복자, 아버지 얼굴 모르는 것으로
평생 가슴에 돌 얹고 살았더니

다시 열린 세상 잔물결 위로
소리 없이 내리는 눈
조각배 위에서 태어나 유배의 섬에 와 갇힌
나를 보러
아버님이 이렇게 오시는가.

꿈에 본 어머님
── 유배시첩(流配詩帖) 5

손수 짠 명주로 춘추좌씨전을 사다

빗방울 굵어지는 소리 듣다 잠깐 자리에 들었더니 옥
당의 서책 빌려다 놓고 필사본 엮고 계신 어머님, 돌아앉
은 뒷모습이 구름 같아라. 평생 검은 옷 갇혀 너희는 남
과 같지 않으니 배움에 한층 깊어야 한다. 곤궁한 들판에
짧은 곡식 얻고 나면 논어 맹자 중용 먼저 바꾸고 손수
짠 명주를 팔아 춘추좌씨전을 사던 날 손끝에 피멍 맺혀
밤새 잠들지 못하더니, 저 건너 사람의 마을 불빛 꺼지
고 자애로운 무릎에 앉아 당시(唐詩)를 배우던 어린 날 철
없이 따라 읊던 사모곡 숨은 뜻이 이토록 아프구나. 나이
들 때까지 가르치는 이 따로 없어 오직 한 분 스승이었던
어머님, 눈물로 회초리 꺾어 이 깊은 적막 떠나보낸 뒤 봉
창에 들치는 찬 비바람 슬픔의 잔뿌리 쓰다듬으며 어둠
속 묵묵히 홀로 깨어 견디실라.

바람에 쓸리던 흰 머리 눈부신데

어둔 시대 충간 두려워 말고 내 한 몸 빛 되면 천리 유

배도 떳떳해라. 현세의 부귀영달 온갖 권세로 출렁이는 만조의 바다. 떠나올 때 얘야 귀양살이란 옛적 어른들도 면치 못했거니 스스로 몸 돌보되 어미 걱정일랑 조금도 말아라. 잔바람에 쓸리던 회한의 백발 잊혀지지 않아 오늘도 갯가에 나가 종일토록 먼 데만 보았다. 늦게 온 부음, 핏빛 일몰이 뻘밭으로 무너진다. 환란에 위축 말고 쓸데없다 하여 학업 버리지 말라는 유언에 목이 메어 해일처럼 일어서는 분노와 절망 견디기 어려워라. 흰 물새 떼 자지러지게 솟구쳤다 붉게 물든 부리 꺼룩 꺼루룩 울며 떨어진 자리 프아랗게 물살이 튄다. 사무쳐 몸 흔드는 저 수평선 너머 하늘은 무슨 빛으로 이 캄캄한 물밑 비추며 나는 또 무슨 낯으로 부끄러운 새벽을 고해야 하나.

구운몽
— 유배시첩(流配詩帖) 6

얼마를 기다려야
안개 걷히고 맑은 비 올까.
지난 봄 담장 아래 꼭꼭 밟아 묻었던
흰 씀바귀꽃 뿌리 딛고 간다 또 한 철
무심한 바람 풀어 춤추는 성진아
소나무 가지 곁에 쑥빛 하늘 받쳐들면
밤에도 너울너울 눈부시던 팔선녀
소매 끝동으로 불이 붙는데
뭍에도 그리운 꽃 잉걸잉걸 타오르며
개나리 진달래 지천으로 번지는데
꿈길 깊어 돌아오지 못하는 그대
잠 깨지 말아라 잠 깨지 마
세상 연기 다 몰려들어 앞뒤로 숨막히고
눈물 징하게 쓰려 와도
빈 골짜기 혼자 누워 귀 닫고 눈도 닫고
청솔잎 꽂히는 소리 푸르게 견디다 보면
그대 넓디넓은 꿈속 바다
보이지 않던가. 꿈틀거릴 때마다
깊은 산 한 채씩 지었다 뉘었다

이토록 뉘우침도 없이
쉽게 짙어오는 노을을 보면
진실로 돌아오지 못하는 건 그대만이
아니네. 저 물 속 깊은 길
밤마다 어둠 흔들며 눈 못 뜨는 슬픔
깨우던 그대 잠깨지 말아라 잠
쏟아지는 꽃잎 위로 발등만 뜨거워 구만리 장천
떠돌던 꿈들 소매 끝 팽팽하게 바람 받으며
칠흑 봄 바다 헤쳐온다.

잎 속의 바다
── 유배시첩(流配詩帖) 7

내 병이 어찌 약을 쓸 병인가
암초 깊은 계절
아들 진화는 서울 가고
문밖 어린 동복이 조는 사이
오랜 입성 벗듯 나 이제 간다.
가슴 시린 어버이로 멍든 데 많고
발길에 달린 악연 천근되어 드잡지만
이대로 하늘이 닫히고
지난 어둠도 함께 묻히면
한맺힌 슬픔의 바다
용서 못할 일 어디 있겠느냐.
뜰에 둔 매화 두 그루가
마지막 아픔이구나.

해안으로부터 홰를 치며 오르는 새
망운산 뒤꼍에 날개 접거든
아들아 장지 없다고 슬퍼 말아라.
억새 지붕 위로 바닷바람이 내 혼을 씻고
갈매기 너울 깃에 흰 옷 한 벌 실려 가면

절도 후 처음 한 번 내 웃음 푸르리라.
내 몸은 이미 섬을 떴느니
죽어 삼 년 만에 옛 관작 추복한들
무슨 빛 남겠느냐. 황폐한 뜰에
눈물 아껴 두었다가
홍매화 거친 뿌리 철마다
새잎 돋는 일 기다리라.

노도(櫓島)*의 봄
— 유배시첩(流配詩帖) 8

이제 초옥을 떠나야겠다.
탱자나무 울타리 헤치고
허리등배미 기슭 따라
뭍으로 가야겠다.

앵강만 물비늘 타고
봄빛 짙어 오니
엉겅퀴 억새 뿌리
더운 피 도는구나.

저 건너 벽련까지
뱃전 부딪는 물떼새야
극빈의 파도 너머
샛바람 노 저어라.

위리안치 삼 년 만에
산천경계 다 바뀌고
죽기를 가르치며
살기를 배웠으니

이제 구운몽을 다시 쓰자.
노지나묘등은 내 집이 아니다.
한 삼백 년 지난 뒤엔
사씨남정기도 잊히리라.

효성 바칠 어머니도
유배 간 조카들도
모두 떠난 봄 바다에
무엇을 기다리리.

용문사 대나무숲
통째로 메고 가자.
해풍에 뒤틀린 솔도
등걸째 업고 가자.

성진아 저 큰 바다
힘차게 노 저어라
살아 다시 못 디딘 땅

내륙으로 가자 가자.

* 노도: 서포 김만중의 유배지인 남해 벽련 앞바다의 작은 섬. 서포는 53
세 때 이곳에 위리안치됐다가 56세에 세상을 떠났다.

4부

늦게 온 소포와
남해산 유자 아홉 개

혼자 먹는 저녁

곰칫국
밥 말아 먹다
먼 바다 물소리 듣는데

저녁상 가득 채우는
달빛이 봉긋해라

가난한 밥상에도 바다는 찰랑대고
모자라는 그릇 자리 둥근 달이 채워 주던
그 밤의 숟가락 소리

달그락거리며 쓰다듬던
곳간의 밑바닥 소리

이제는
잔가시 골라 건넬
어머니도 없구나.

늦게 온 소포

밤에 온 소포를 받고 문 닫지 못한다.
서투른 글씨로 동여맨 겹겹의 매듭마다
주름진 손마디 한데 묶여 도착한
어머님 겨울 안부, 남쪽 섬 먼 길을
해풍도 마르지 않고 바삐 왔구나.

울타리 없는 곳에 혼자 남아
빈 지붕만 지키는 쓸쓸함
두터운 마분지에 싸고 또 싸서
속엣것보다 포장 더 무겁게 담아 보낸
소포 끈 찬찬히 풀다 보면 낯선 서울살이
찌든 생활의 겉꺼풀들도 하나씩 벗겨지고
오래된 장갑 버선 한 짝
해진 내의까지 감기고 얽힌 무명실 줄 따라
펼쳐지더니 드디어 한지더미 속에서 놀란 듯
얼굴 내미는 남해산 유자 아홉 개.

"큰 집 뒤따메 올 유자가 잘 댔다고 멫 개 따서
너어 보내니 춥울 때 다려 먹거라. 고생 만앗지야

봄 볕치 풀리믄 또 조흔 일도 안 잇것나. 사람이
다 지 아래를 보고 사는 거라 어렵더라도 참고
반다시 몸만 성키 추스리라"

헤쳐놓았던 몇 겹의 종이
다시 접었다 펼쳤다 밤새
남향의 문 닫지 못하고
무연히 콧등 시큰거려 내다본 밖으로
새벽 눈발이 하얗게 손 흔들며
글썽글썽 녹고 있다.

참 예쁜 발

우예 그리 똑 같노.

하모, 닮았다 소리 많이 듣제.
바깥 추운데 옛날 생각나나.
여즉 새각시 같네 그랴.

기억 왔다갔다할 때마다
아들 오빠 아저씨되어
말벗 해 드리다가 콧등 뜨거워지는 오후
링거 줄로 뜨개질을 하겠다고
떼쓰던 어머니, 누우신 뒤 처음으로
편안히 주무시네.

정신 맑던 시절
한 번도 제대로 뻗어 보지 못한 두 다리
가지런하게 펴고 무슨 꿈 꾸시는지
담요 위에 얌전하게 놓인 두 발
옛집 마당 분꽃보다 더
희고 곱네. 병실이 환해지네.

한여름

남녘 장마 진다 소리에
습관처럼 안부 전화 누르다가
아 이젠 안 계시지……

빈자리

열네 살 봄
읍내 가는 완행버스
먼저 오른 어머니가 남들 못 앉게
먼지 닦는 시늉하며 빈자리 막고 서서
더디 타는 날 향해 바삐 손짓할 때

빈자리는 남에게 양보하는 것이라고
아침저녁 학교에서 못이 박힌 나는
못 본 척, 못 들은 척
얼굴만 자꾸 화끈거렸는데

마흔 고개
붐비는 지하철
어쩌다 빈자리 날 때마다
이젠 여기 앉으세요 어머니
없는 먼지 털어 가며 몇 번씩 권하지만

괜찮다 괜찮다, 아득한 땅속 길
천천히 흔들리며 손사래만 연신 치는

그 모습 눈에 밟혀 나도 엉거주춤
끝내 앉지 못하고.

푸른 흉터

—중현초등학교에서

1학년 겨울 책보따리 어깨 메고
필통 소리 짤랑짤랑 경운기를 만났다가
먼지바람 몰래몰래 친구들 다 태우고
운전석 넘보다가 헛발 경중 아차차차

발목부터 뒤통수까지 나를 밟는 바퀴 자국
정포 마을 그 아저씨 죄 없는 가해자되어
울 엄마 지청구에 약방 의원 태워다 주며
흰 쌀밥 미역국까지 미안타 미안타

정포 천(川) 칼바람에 엄마는 나를 업고
상한 발 더 시릴라 몸빼 속 넣어 주던
어릴 적 학교 길을 다시 찾아 갔더니만
폐교된 운동장가 해송만 나부끼고

남해 서면 우물마을
정포 지나 회룡 입구
경운기 소리 경쾌하던 그 길 따라
외로 멘 책보따리 필통소리 요란하던

까까머리 손수건도 그땐 듯 나풀나풀
어머니 몸빼 속이 또 이리 따뜻하여
남 몰래 허리 굽히고
오래된 발목 흉터
혼자서 만져 보노라니.

어머니 핸드폰

야야 아엠에프가 다시 왔다냐 다들 와 이럴꼬
옛날엔 생선 함지 하루 종일 다리품 팔다
남은 갈치 꼬리 모아 따순 저녁 묵었는데

야야 춥고 힘들어도 그때만 하겠느냐
니 동생 준답시고 배급빵 챙겼다가
흙 묻을라 바람 마를라 오매불망
신발주머니에 넣고 오던 그 맘만 있어도 견딜 테니

아엠에픈가 뭐신가 그때보담 안 낫겄나
그런데 그 얘기마저 다 하자믄 끝없으니
이따가 나중 허자 핸도폰값 올라간다.

바람난 처녀

남해 금산 정상에서
산장으로 내려가다
화들짝 돌아보니

봄바람에
치마꼬리 팔락이며
구름꽃 피워 올리는
얼레지 한 무더기

칠 년 전 저 길
오늘처럼 즈려밟고
가신 어머니
수줍은 버선코.

* 얼레지의 꽃말은 '질투'로 많이 알려져 있으나 '바람난 처녀'로도 불린다.

구운몽길 억새꽃

한밤중 오줌 누러 깼다가 마주친 어머니
어딜 급히 다녀오시는 걸까.

아랫말 애 배앓이 심하다 해서
좀 만져 주고 오는 길이제.

이불 밑 손 넣으며 마주앉는 머리 위에
흰 풀꽃 같은 가루가 드문드문.

한참 뒤에야 알았다. 그 집 마루 끝
쌀 한 말 몰래 갖다놓고 온 사연.

정수리께 비듬처럼 빛나던 꽃가루
급히 이고 가면서 묻힌 쌀가루 흔적.

늦가을 서포 따라 혼자 걷다 마주친 억새꽃
어딜 저리 급히 가시는 걸까.

남해 바다 물무늬 위로 흰 쌀가루처럼
뽀얗게 앞서 가는 구운몽길 한 어귀.

그 먼 나라의 피서법
— 서포의 화폭

관폭도 걸어 두고
잘 견디시는지요
올여름

폭포수 얼음벽에
튀는
물보라

등줄기
하얗게 타고
지붕엘 오르시면

다시 또
펼쳐 드릴게요
어머니, 설경산수.

5부

내가 그토록 꿈꾸던 곳이
바로 여기였다는 걸……

땅 이야기

내게도 땅이 있다.
바다가 내려다보이는 상주중학교 뒷산
철 따라 고운 꽃 피지도 않고
돈 주고 사자는 사람도 없는
남해 상주 바닷가 언덕
한 평 못 차는 잔디 풀밭 거기
평생 남긴 것 없는 아버지의 유산이
헌 옷으로 남아 있다.

저 눕고 싶은 곳 찾아
아무데나 자리 잡으면 그 땅이 제 땅 되는
우리들 아버지의 아버지대로부터
사람들은 기억하기 위해 무덤을 만들고
더욱 잊지 않기 위해 비를 세웠다지만
중학에 들어서자마자 돌아가신 아버지를 위해
나는 학교 옥상에서 그 언덕빼기
공동묘지를 바라보는 것 외에는
아무것도 세우질 못했다.

철 들고 부끄럼 알 때 즈음
흙이 모여 돈이 되고 못자리도 잘라서 팔면
재산이 된다는 나라
시내버스로 휴일 한나절
쉽게 벌초도 하고 오는 근교 공원묘지
아파트처럼 분양을 받고
중도금 잔금 치러가며 화사하게 다듬은
비명들 볼 때마다 죄가 되어
나도 햇살 좋은 곳 어디
한 열두 평쯤 계약을 할까.

그런 날은 더 자주 꿈을 꾸고
잠 속에서 좁은 자리 돌아누우며
손 부비는 아버지
고향길 멀다는 것만 핑계가 되는 밤이
깊어 갈수록 풀벌레 소리 적막하고
간간이 등 다독이는 손길 놀라
잠 깨 보면 쓸쓸한 봉분 하나
저녁마다 내 곁에 와 말없이 누웠다가

새벽이면 또다시 천리 남쪽 길 떠나는

아픈 내 땅 한 평.

집 우(宇), 집 주(宙)

천자문 처음 배울 때
아버지는 왜 그렇게 천천히 발음했을까
집 우(宇)
집 주(宙)

남해군 서면 정포리 우물마을
유자나무가 많은 그 마을에선
우물에서 유자향이 났고
꿀 치는 벌통에도 유자꽃이 붕붕 날아다녔다

먼 북방 땅까지 가는 동안
짊어지고 간 집과
따뜻한 남쪽까지 오는 동안
벗어 놓고 온 집
모시밭 한가운데 부려 놓고

흙 볏짚에 물을 주는 아버지
수건 벗어 먼 데 보며
하시던 말씀

한 그루만 있어도 자식 공부 다 마친다는
저 유자나무, 대학나무 없어도
집만 잘 앉히면 된다고
네가 곧 집이라고

해 질 녘 밥때 넘길 적마다
장모음으로 일러 주던
옛 집터에 와 생각노니
왜 그때는 몰랐을까

내가 그토록 가닿고 싶었던
바다 건너 땅 끝에서
여태까지 가장
오래 바라본 곳이
바로 여기였다는 걸.

아버지의 빈 밥상

정독도서관 회화나무
가지 끝에 까치집 하나

삼십 년 전에도 그랬지
남해 금산 보리암 아래
토담집 까치둥지

어머니는 일하러 가고
집에 남은 아버지 물메기국 끓이셨지
겨우내 몸 말린 메기들 꼬득꼬득 맛 좋지만
밍밍한 껍질이 싫어 오물오물 눈치 보다
그릇 아래 슬그머니 뱉어 놓곤 했는데
잠깐씩 한눈팔 때 감쪽같이 없어졌지

얘야 어른되면 껍질이 더 좋단다

맑은 물에 통무 한쪽
속 다 비치는 국그릇 헹구며
평생 겉돌다 온 메기 껍질처럼

몸보다 마음 더 불편했을 아버지

나무 아래 둥그렇게 앉은 밥상
간간이 숟가락 사이로 먼 바다 소리 왔다 가고
늦은 점심, 물메기국 넘어가는 소리에
목이 메기도 하던 그런 풍경이 있었네

해 질 녘까지 그 모습 지켜봤을
까치집 때문인가, 정독도서관 앞길에서
오래도록 떠나지 못하고
서성이는 여름 한낮.

하석근 아저씨

참말로
아무 일 없다는 듯
이제 그만 올라가 보자고
이십 리 학교 길 달려오는 동안 다 흘리고 왔는지
그 말만 하고 앞장서 걷던 하석근 아저씨.

금산 입구에 접어들어서야
말이 귀에 들어왔습니다.
너 아부지가 돌아가셨······

그날 밤
너럭바위 끝으로
무뚝뚝하게 불러내서는
앞으로 아부지 안 계신다고 절대
기죽으면 안 된대이, 다짐받던

그때 이후
살면서 기죽은 적 없지요.

딱 한 번, 알콩으로 꿩 잡은 죄 때문에
두 살배기 딸 먼저 잃은 아저씨
돌덩이 같은
눈물 앞에서만 빼면 말이에요.

그날 이후.

못 다 쓴 연보

아버지는 왜
간도 얘길 한 번도 안 했을까

어릴 때 양자 들어 구름 같은 집과 땅
찬바람 북향에 다 날리고
중년 넘어 타박한 길 공복으로 건너온 뒤

왜 한 번도 안 했을까
대통 마디 쫘악 쪼개며
그놈 옹골차게 굵었구나
속 실하게 비워야 마디도 단단하제
딴소리만 하시더니

그렇게 속 다 비우고
지난 생 마디마저 없애고
중학에 들어가던 그해 딱
회갑 맞춰 돌아간 그 속 다 알지 못해
끝내 비워 놓은 그 시절
나의 연보.

미완의 귀향

출향한 지 십 년 넘거든
맨몸으로 오지 말라
금의환향 아니라면
나라 뺏긴 슬픔보다
남 땅에 헛뿌린 씨보다
더한 일 있어도 오지 말라

명치끝에 찔러 둔
지침이라도 있었는지
고향 땅 밟기 전 십 년을 저어하며
기다린 가슴에 못이 박혔는지
국치 이후 딱 기억상실증에 걸렸는지

길 위에서 여태
서성이고만 있는 아버지.

아버지의 귀향

송화강 물빛 여기 와서 푸르거니
한 번 떠난 땅 돌아오는 길이 더 낯설다.
모시밭 한구석에 담을 치고
밤새워 터 밟다가
아직 찬 북방의 별
그대를 생각는다.
더 이상 잃을 것 없는 억새 들판
마른 강가에 두고 온 것들이
여기서도 시리디시린
그리움 될 줄이야
날 밝기 전까지
나 집 짓는 일 미뤄 두네.
새벽 물안개 속으로 지친 몸 풀고
뼈 씻어 헹구던 곳
끝없는 슬픔의 깊이로
별빛 푸르른 우물 하나
먼저 놓는 일
남아 있네.

못자리, 못자리

못자리 무논 내다가
아버지 자주 바라보시네

잠방잠방 물길 잡다가
허리 펴고 또 보시네

못줄 옮기며
새참 드시며
탁배기 사발 너머로

뭘 그리 자꾸 보실까

깨금발로 따라 보던
백능산 중턱

저 둥글고 따뜻한
천수답 못자리.

배는 묵어 타고 집은 사서 들라

배는 묵어 타고
집은 사서 들라

모시밭 한편에 집 앉히고 나서
아버지 말씀하셨지

젊은 날 북방까지 짊어지고 간 집들
하나 둘 허물어지는 것 볼 때마다
가슴속 기둥 들보 쓰러지는 것 볼 때마다
주추 다시 박으면서 한사코 놓지 않던 그것

개간밭 벌목장보다 더 힘겨운 게
쓰러진 집 일으켜 세우는 것이라고
몸 다 잃고 돌아온 고향에서도
끝내 버리지 못한 그것
볏짚 지붕 이으며 또 한 말씀 하셨지

집도 절도 없이 헤매던 시절
더부살이 눈물겨운 나는

그 속 모르고 고비마다 맨 땅에 삽을 박고
빈 터만 보면 집 짓고 싶어
셈도 없이 무모한 삽질을 하고

오늘도 아버지 것보다 무거운 기둥
힘겹게 밀어 올리는데
꿈엔 듯 모시밭에선 듯
다시 들리는 정수리 경전

그러니 배는 묵어서 타고
집은 꼭 사서 들어라
물이 새면 배 가라앉고
몸 상하면 집도 곧 무너지느니.

꿈꾸는 돌기둥

청명 한식에 할아버지
비석 세운다 하여 편지 먼저 보낸 뒤
혼자 일어나 제문을 쓴다.
무엇을 기록하랴 남은 것 없이
모두 하얗게 떠나가고
기억들도 제각각 손금처럼 흩어져
들길 물속으로 흘러가고 없는데

섣불리 돌아보지 말 일이다.
속절없이 눈 따가운 밤일수록
등뒤에서 불빛 따라 흔들리는 돌꽃이여
헛되었다 우리들 마을에서
아침 밝을 때까지 세워 둘 탑
어디 있는가. 지난 길 위에
줄지어 선 묘비들 흙먼지 덮어쓰고
잊혀져 가는 동안 나는 보리라.
꿈꾸는 돌기둥 아래 홀씨 날아와
가꾸지 않아도 키 커 가는 나뭇잎 뿌리
푸른 웃음 재잘대며 둥둥 떠다니는

아이들 옆에 쪼그리고 앉아
대답 대신 찬물에 손만 씻고
가는 그이를.

잠언

잠언을 읽다가
잠이 들었다

잠 속에서
탁,
어깨를 치는 소리

그러니
얘야

아무 데서나
언잠 자지 말아라.

6부

금산 보리암에서,
별에게 묻다

남해 금산 큰 새

남해 금산
기막힌 38경 외에
산까마귀 하나 더 있네.
아침부터 저녁까지
이 산 저 산 까악까악
사람 불러세우는

도토리묵에 막걸리 한 잔, 불콰해진 그가 취나물을 비비다 말고 한 소식 들려준다. 이 산에서는 까마귀가 길조래요. 까치는 죄 다 파먹잖아, 곡식이며 열매며 속이 궁금해서 못 참는 거라. 그런데 까마귀 곡식 해치는 것 봤어요? 사람이 그 속 모르고 재수없다 자꾸 타박만 주니……

하루 종일
고구려 벽화 속 삼족오(三足烏)처럼
산에 깃든 사람의 마음
잊지 말라고, 가슴속 귀한 것
부디 놓지 말라고
꽈악 꽉 밑줄 그어가며
일깨우는 산까마귀.

별에게 묻다

천왕성에선
평생 낮과 밤을
한 번밖에 못 본다.
마흔두 해 동안 빛이 계속되고
마흔두 해 동안은 또
어둠이 계속된다.
그곳에선 하루가
일생이다.

남해 금산 보리암
절벽에 빗금 치며 꽂히는 별빛
좌선대 등뼈 끝으로
새까만 숯막 타고 또 타서
생애 단 한 번 피고 지는
대꽃 틔울 때까지

너를 기다리며
그립다 그립다

밤새 쓴 편지를 부치고
돌아오는 아침
우체국에서 여기까지
길은 얼마나
먼가.

산감나무
― 흔들바위 아래

얼룩무늬
산감나무 아래
오래 서 있었네.
얼룩 없는 삶 있을까만
옷 바꿔 입고 그 자리에
오래 서 있다 보면, 아는가
나도 한 그루 산감나무가 될지.

날 저물고
모두 하산한 뒤에도
꿈쩍 않고 그 자리 지키는 산감나무
세상의 모든 상처, 고약 같은
까치밥 한 알
쪼글쪼글 말라비틀어진 그것
끝까지 놓지 않으려고
온몸 뒤틀며 혼자 견딘 것이
흉터에 새 살 밀어올리는 그것
얼룩의 힘이라니
여태까지 나를 키운 것도

까치밥이었구나.
누덕진 옷 벗어 주고
알몸으로 퍼렇게 멍까지 든
너를 두고 그래
나 혼자 흔들바위 아래에서
너무 오래 쉬었구나.

오목

금산 산장 노할머니
일흔여덟,
바둑판 같은 생 펼치고
오목을 놓으시네.

가고 싶은 길 참 많았제,
못 가는 길 더 많았지만.

서울서 내려온 딸이
어머니, 그쪽은 절벽이에요
오냐 그러면 이렇게 놓제.

길은 미끄럽기도 하고 굽어졌다 펴지기도
하면서 바둑판을 몇 굽이째 도는데
세상의 모든 길이 흑 아니면 백,
끊어질 듯 이어지는 길 따라
바둑돌은 저희끼리 잘그락거리며
몸을 부딪네.

밖에는 먼 길 가는 산꿩들
다섯 발자국씩
총, 총, 총, 총, 총
점을 찍고

노할머니 딸네 둘이
첩첩 산골짜기마다
오촉짜리 등불을 켜 다네.

말씀

밥때마다 한 상 가득
이 골 저 골 산채나물
성찬 차려 주던 금평 아주머니.
방문 닫고 나가다가 다시 들어와

적거들랑 꼬옥
더 달라쿠시다.

하루 서너 번씩
밥상에 올려 주신
그 말씀 너무 정다워서
다시 가 자고 싶은
남해 금산 산장
그 집.

참회

눈 맞고 선
저 소나무
제 몸에 맞는 무게만큼
휘어졌다가 고개 들고
등허리 낮췄다 다시
펴는 법 가르쳐주려고
어젯밤엔 그 푸른
팔뚝 하나
뚝, 부러뜨렸구나.

네 밑에 서서
눈이 멎길 기다리다
나, 이마에 솔방울만 한
혹 하나 달고
폭설 속으로
오던 길 돌아간다.

산에 가야 맛을 알지

바다가 내려다보이는
해발 육백팔십 미터
보리암 정상 금산 산장
아침 먹다가

"산중에 웬 볼락어 고기?"
"아, 까짓거. 릴 낚시로 한 코만
잡아댕기면 금방 올라오지요."

해수관음보살 닮은
산지기 총각 농담 한 코에
산 바다가 마주보며
하, 하, 하,
웃습니다.

그러고 보니
황태 국물도 대관령 넘어야
노랗게 제 맛 든다고
높은 곳에 올라 본 고기들끼리는

그 맛 아는가 봅니다.

볼락어 저도

볼록볼록 따라 웃습니다.

사람들 산에 오르다

오후에는 바람이
위쪽으로 불었다.
누가 돌아오는가 보다.
세상과의 톱질에서 지고
명퇴한 나무들이 올라오는지
바람 끝이 대패 같다.

그래 너도 한 번은
끝을 보아야지.

어깨를 짚고 다독이는 산.
잠시 땀을 말리는 동안에도
등줄기로 톱날자국들이 지나간다.
은사시나무 허리가 휘어지는가 싶더니
잘게 쓴 뿌리들이 우수수 쏟아진다.

스스로 톱밥을 쌓는 산.
저도 언젠가는 남들처럼
당당하게 세상으로 나가고 싶은 것이다.

올라올 때보다
내려갈 때가 더 힘들다고
처음 입산 때
바위틈에 사기 그릇 한 벌 감춰둔 것도
앞을 내다보고 한 일이다.
하지만 오늘은 먼 데서 온 나무들이
그를 위로한다. 여기 앉아 따뜻한
국물이나 한 그릇 하라고.

산할미꽃

먼 바다 청명한 날엔
남해 금산을 다시 가네.
가는 길엔 홍진의 세월
눈 감고 귀도 닫고 잔가지에
솔잎 꽂히는 소리만 들으라네.
묵은 옷 발아래 벗고
하늬바람 산그늘 따라
흔들릴 때도 군말 없이 그 별빛
푸를 때까지 고개 들지 말라 하네.
살아 가파른 언덕
억새풀 뿌리 뻗듯 질기게 올랐다가
쌍홍문 돌틈바귀 산정을
저만치 두고 머리 하얗게
멈춰 섰는 그 사람 보라 하네.

* 남해 금산 쌍홍문 앞에 이 시가 새겨져 있다.

자귀나무

빗소리에

젖었다

풀리고

밤중에 접혔다

낮에 퍼지는

소쌀밥나무 잎처럼

날마다 첫 꽃에

피고 또

지는 마음.

진경

어스름 산골
마당 고요한데

바람 자고
빈 나무 한 그루

밤새 누가 다녀갔나
대빗자루 흔적 위로

눈은 없고
발자국만 남았네.

7부

너에게 가려고
그리 반짝이던 은점 물결

남해 멸치
— 지족 죽방렴에서

너에게
가려고 그리
파닥파닥
꼬리 치다가
속 다 비치는 맨몸으로
목구멍 뜨겁게 타고 넘는데
뒤늦게 아차,
벗어 둔 옷 챙기는 순간
네 입술 네 손끝에서
반짝반짝 빛나는구나

오 아름다운 비늘들

죽어서야 빛나는
생애.

남해 마늘

보리밭인 줄 알았지
하늘거리는 몸짓
그 연하디연한 허리 아래
매운 뿌리 뻗는 줄 모르고
어릴 적엔 푸르게 보이는 게
다 보리인 줄 알았지

배고프단 말 못 하는 것들
발밑에서 그토록 단단한 마디로
맺힌다는 것
땅속으로 손 비집고
문질러 보기 전에는 왜 몰랐을까
눈물이 어떻게 소금보다 짠지
네가 왜 푸른 잎 속에 주먹밥 말아 쥐고
바닷가 밭고랑에 뜨겁게 서 있는지.

정포리 우물마을

물처럼 바람처럼
흘러 본 사람들은
알았을까

흙에서 와 흙으로 가는
물처럼 바람처럼 강처럼 바다처럼
스스로 길이 되어 흐르는 사람들

남해 서면 정포리 우물마을에서 보았다
윗물과 아랫물이 서로 껴안고
거룩한 몸이 되어 반짝이는 땅

봄마다 다시 돋는 쑥뿌리 밑으로
우렁우렁 물이 되어 함께 흐르며
연초록 풀빛으로 피어나는 사람들.

화방사 길

위에 있는 것은 비어 있다.
비어 있는 것으로 길을 만들고
물빛에 젖어 흔들리는 낙엽
현촌 고개 너머 망운산이 너
우얀 일이냐, 어깨에 내려앉는
땅가시나무 여문 뿌리.
득남하거든 짚 인형에 이름 넣고
무명베 한 자 싸서 절 문에 올려라
어린 날 댓돌에 와서 놀던
사천왕상 여래보살 꿈에 자주 내리더니
마른 풀 사운대는 남해 화방사 길
산꿩이 날자 구름 한 장
뚝 떨어진다. 뒤돌아보면
적막뿐인 가을, 산속으로 이렇게 깊은
강이 흐르고 날마다 사람들이
잃어버린 것들을 만나러 산문 밖에 와
서성이는데 골 깊은 그리움 모두 버리고
혼자 빈 강물만 보듬고 누운 저물녘의
화방사 길, 백령재를 넘자 싸리 덤불에 억새

뒤덮여 눈썹을 찌른다. 일주문 돌탑에서
가쁜 숨 돌이키다 미끈, 정신차려 보니
내 지나 온 아사리 자사리 밭
쏴아 하고 갈라지며 일제히 드러눕는
저 홍해 깊은 바다.

침엽의 새벽

망운산 재를 넘다
적설에 갇힌 계곡.

바람은 날 세우고 우우우 몰려와서
빗금 친 눈발 사이 얼음벽을 쌓는다.
혼자 일어나 바라보는 대륙의 짙은 어둠
만 권의 책으로도 깨울 길 없더니
아 아 어느 침엽의 숲에서 떨어지나

캄캄한 새벽하늘 솔잎 내려
꽂히는 소리.

봄날 밥상

푸른 배추
달빛 반찬
어여쁜 수젓가락

바람 국물
찰진 메밥
모락모락 익는 동안

어스름 저녁 길을
풀잎 벗고 나온 벌레

빈 그릇 달그락대며
상추쌈에 올라앉는

애틋해라 세상에서
가장 넓은 봄날 밥상.

떡 찌는 시간
— 물결 낮은 은점마을

식구들
숫자만큼
모락모락

흰 쌀가루가 익는 동안

둥그런 시루 따라
밤새 술래잡기하다
시룻번* 떼어 먹으려고
서로 다투던
이웃집 아이들이
함께 살았다네
오래도록

이곳에.

* 떡을 찔 때 시루와 솥 사이에 김이 새지 않도록 바르는 반죽.

해금(海琴)*에 기대어
— 노량해협의 밤

그리움 깊은 밤엔
해금을 듣습니다.
바다 먼 물소리에
천근의 추를 달아
끝없이 출렁이는 슬픔의 깊이
재고 또 잽니다.

유난히 풍랑 많고 한류 찬 물밑 길
상처에 소금 적시며 아득히 걸어온 그대
물살 센 한 생애가
이토록 쿵쾅이며
물굽이 쳐 아픕니다.

* 해금(海琴)은 '바다의 거문고'를 의미하는 조어. 전통 현악기 해금(奚琴)
과도 통한다.

봄 꽃 편지

날마다 네 안에서
해가 뜨고 달이 지듯
그렇게 봄 산이
부풀었다 가라앉듯

오늘도 네 속에서
먼저 피고 먼저 지는
꽃 소식 듣는다.

남해 여행, 물미해안에서 읽은 편지

윤성학(시인)

이렇게 고요하게 일렁이고 눈부시게 빛나는군요. 남해, 형의 바다는.

문득 형의 바다를 보러갔습니다. 어느 날 형이 태어나 자란 경남 남해 이야기를 들었을 때, 그 바다가 무척이나 궁금했어요. 그 바다는 어떤 얼굴이며 어떤 숨결일까. 그 바다가 보고 싶어 서울에서 편도 400킬로미터나 떨어진 곳을 향해 문득, 정말 문득, 나선 것이죠.

경부고속도로와 대전통영고속도로를 지나며 생각했지요. 처음 형과 만난 때가 언제였더라. 아마 2005년 무렵? 그때 난 서른 서너 살 먹은 대리였을 테고 형은 신문사 문화부 출판 담당 기자였지요. 회사일로 부탁할 게 있어서 형을 찾아갔고, 일을 마친 후 우리는 늦도록 이야기를 나눴더랬

143

지요. 그때 형이 들려준 이야기의 조각들 몇 개가 아직도 머리에 남아 있답니다.

길 위에서 생각한 또 하나는 바로 형의 목소리. 그악한 세상을 그윽한 목소리로 넉넉히 상대해 주는 그 울림! 기억나세요? 형이 고정으로 출연하던 라디오 문화예술 프로그램에서 형은 책 소개를 맡았었죠. 제 첫 시집을 소개해 주면서 「다산과 보낸 하루는」을 낭송해 주던 그 목소리는 참 부럽고 매력적이었어요. 이런 추억의 퍼즐들을 맞춰 보면서 남해로 향했습니다.

물건리 어부림 그늘 아래서

사천에서 삼천포대교를 건너 남해로 들어갈 때 바다는 잔잔한 해풍으로 객을 반겨 주었습니다. 형의 시 「물미해안에서 보내는 편지」에서 남해 여행 코스의 힌트를 이미 얻었지요. "남해 물건리에서 미조항으로 가는/ 삼십 리 물미해안, 허리에 낭창낭창/ 감기는 바람을 밀어내며……" 이 부분에 나오는 물건리(物巾里)부터 찾아간 거예요.

물건리에는 주황색 지붕의 이국적인 독일마을이 산중턱까지 이어져 있고, 그 아래 바닷가에는 350년 이상의 역사를 지닌 물건 방조어부림(천연기념물 150호)이 있지요.

마침 점심때가 되어 바닷가 어부림 가까운 곳의 식당엘

들어갔지요. 거기서 먹은 건 멸치 반찬과 유자막걸리랍니다. 남해유자막걸리는 상큼한 유자향이 번지면서도 가볍지 않게 누룩향이 뒷맛을 눌러 주며 착 감겨오는 맛이군요. 옆 테이블의 어촌계원 몇 분은 멸치쌈밥에 소주 한 병을 곁들인 점심상을 받습니다.

거기서 형의 첫 시집 『늦게 온 소포』의 표제시 「늦게 온 소포」를 읽었습니다.

밤에 온 소포를 받고 문 닫지 못한다.
서투른 글씨로 동여맨 겹겹의 매듭마다
주름진 손마디 한데 묶여 도착한
어머님 겨울 안부, 남쪽 섬 먼 길을
해풍도 마르지 않고 바삐 왔구나.

울타리 없는 곳에 혼자 남아
빈 지붕만 지키는 쓸쓸함
두터운 마분지에 싸고 또 싸서
속엣것보다 포장 더 무겁게 담아 보낸
소포 끈 찬찬히 풀다 보면 낯선 서울살이
찌든 생활의 겉꺼풀들도 하나씩 벗겨지고
오래된 장갑 버선 한 짝
해진 내의까지 감기고 얽힌 무명실 줄 따라
펼쳐지더니 드디어 한지더미 속에서 놀란 듯

얼굴 내미는 남해산 유자 아홉 개.

「큰 집 뒤따메 올 유자가 잘 댔다고 몇 개 따서
너어 보내니 춥울 때 다려 먹거라. 고생 만앗지야
봄 볕치 플리믄 또 조흔 일도 안 잇것나. 사람이
다 지 아래를 보고 사는 거라 어렵더라도 참고
반다시 몸만 성키 추스리라」

헤쳐 놓았던 몇 겹의 종이
다시 접었다 펼쳤다 밤새
남향의 문 닫지 못하고
무연히 콧등 시큰거려 내다본 밖으로
새벽 눈발이 하얗게 손 흔들며
글썽글썽 녹고 있다.

　남해유자막걸리를 마시며 형의 시를 읽자니 그 안에 '큰
집 뒷담 유자 아홉 개'가 고스란히 들어 있는 것 같아 아
스라이 콧등이 시큰거리네요.
　대학 졸업 후 홍은동 산동네에서 서울살이를 시작한 형
의 모습이 보입니다. 첫 번째 시집 『늦게 온 소포』와 두 번
째 시집 『물미해안에서 보내는 편지』를 이어 가는 한 시인
의 개인사를 읽을 때, 이 시 「늦게 온 소포」는 현재 시점에
서 딱 하프 타임이 아닌가 생각돼요. 어린 시절과 30대 이

146

후의 삶을 나누는 중간 지점. 막 서울살이를 시작해서 경제적으로 독립하고 사회적 역할을 하면서 동시에 손에 든 꿈을 놓을 수 없는 서른 즈음 어느 겨울날, 이 시는 남해에서 서울로 도착한 것이겠지요.

형 얘기를 들으니, 남해 특산품인 유자는 농토가 많지 않은 섬의 궁핍한 환경 덕분에 더욱 유명해졌군요. 척박한 땅에 뿌리 내리느라 안간힘을 쓰고, 세찬 해풍을 견딘 탓에 성장이 느려서 묘목을 심어 놓고도 오랫동안 기다려야 과실을 볼 수 있는 남해 유자. 그래서 향기가 유난히 짙다고 했지요. 한때는 유자나무 몇 그루만 있어도 아이들을 대학에 보낼 수 있다고 해서 '대학나무'라고 부르기도 했다는데, 그 대학나무가 형의 집에는 한 그루도 없었고…….

큰집에서 얻은 유자 아홉 개를 그토록 귀하게 싸서 서울로 보낸 어머니, 그렇게 해서 형의 품에서 오래도록 떠나지 않는 시 한 편을 낳게 해 주신 어머니, 그 모습이 삶의 한 상징이자 은유로 깊숙이 다가옵니다. 20여 년 전 돌아가신 어머니가 아직도 늘 현재형으로 살아 계시며 한 편 한 편 살아 있는 시를 쓰라고 등을 다독거려 주신다고 형은 말했지요. 유자껍질처럼 우둘투둘하지만 한없이 따뜻한 그 손으로 향기 깊고 오래 남는 글을 쓰라고.

이런 생각에 잠기다가 물건 방조어부림 그늘에서 바다를 한참 바라보았어요. 방파제 안에서 조용히 흔들리는 바

다. 이제 미조항까지 가면서 형이 말한 대로 물미해안 '남
도에서 가장 빨리 가을이 닿는' 그 아름다운 풍광을 눈에
담습니다.

저 바다 단풍 드는 거 보세요.
낮은 파도에도 멀미하는 노을
해안선이 돌아앉아 머리 풀고
흰 목덜미 말리는 동안
미풍에 말려 올라가는 다홍 치맛단 좀 보세요.
남해 물건리에서 미조항으로 가는
삼십 리 물미해안, 허리에 낭창낭창
감기는 바람을 밀어내며
길은 잘 익은 햇살 따라 부드럽게 휘어지고
섬들은 수평선 끝을 잡아
그대 처음 만난 날처럼 팽팽하게 당기는데
지난여름 푸른 상처
온몸으로 막아 주던 방풍림이 얼굴 붉히며
바알갛게 옷을 벗는 풍경
은점 지나 노구 지나 단감 빛으로 물드는 노을
남도에서 가장 빨리 가을이 닿는
삼십 리 해안 길, 그대에게 먼저 보여 주려고
저토록 몸이 달아 뒤척이는 파도
그렇게 돌아앉아 있지만 말고

속 타는 저 바다 단풍 드는 거 좀 보아요.

— 「물미해안에서 보내는 편지」

물건리에서 미조항으로 이어지는 물미해안도로. 물건 바닷가의 초승달 같은 방풍림을 지나 은점, 노구, 가인포, 초전 해변을 거쳐 미조까지 가는 30리 길이 곧 물미해안도로이지요.

형은 이곳을 아름다운 여인, 그리운 사람의 느낌으로 재발견했군요. '가을'이라는 계절적 요소에 '노을'이라는 회화적 요소를 얹고, 그 화선지 위에 '그리움'이라는 색채를 입혔으니 자연이 내 몸에 붓을 대고 시를 써 준 형국이라고 했지요. 얼핏 '달콤한 외로움'과 '관능적인 풍경'이 먼저 드러날 것 같기도 하지만, 행간에 젖어 흐르는 물기와 알 수 없는 결핍감이 함께 배어나는 그런 그림이랄까. 특별히 기교를 부리거나 행갈이를 하지 않고, 자연의 몸이 보여 주는 걸 보고 옮기면서 운율과 말맛을 특별히 중시했다는 말에 공감이 갑니다.

형은 이 시를 표제작으로 삼은 시집으로 제10회 시와시학 젊은시인상을 받은 뒤 물미해안을 자주 찾게 됐다고 했지요. 남해 문학기행 코스가 생겨서 1년에 몇 번씩 독자들과 함께 이곳을 찾는다고. 그럴 때마다 자신의 몸을 빌려 시 한 편을 낳게 해 준 물미해안의 낭창낭창한 허리를 은근하게 안아 보곤 한다며 농을 치고는 했죠.

'섬노래길' 설리를 돌아 나와 상주 은모래로

물미해안 약 13킬로미터 해안도로는 구절양장, 눈에 보이는 바다는 좁아졌다가 넓어지며 크고 작은 섬들이 바다를 가렸다 펼치기를 되풀이하네요. 구비구비 바다를 끼고 달리며, 혹은 멈춰 서서 한동안 바다를 바라보았어요. 언젠가는 물건리에서 미조항까지 이어지는 이 아름다운 물미해안 도로를 걸어가 봐야겠다고 생각했어요. 아무 욕심도, 그리움도 동행하지 않고 이 길에서 천천히 하루를 살아봐야겠다고 말이죠. 그런데 물미해안을 함께 여행한 연인 사이에는 반드시 사랑이 이뤄진다는 전설(?)이 벌써 생겼군요.

미조항에 닿아 끼룩거리는 갈매기들과 잠시 놀다가 설리 해변으로 길을 잡았습니다.

아, 이곳이 '남해 바래길' 중에서도 '섬노래길'이군요. 바래길이란 옛날 남해 어머니들이 물때에 맞춰 바지락이나 파래, 미역 등 해산물을 채취하러 다니던 길. '바래'는 바닷가에서 해초나 어패류를 채집하는 일 또는 그 사람을 뜻한다고 사전에 적혀 있네요. '제주 올레길'처럼 남해 섬을 한바퀴 따라 걷는 '남해 바래길' 코스는 이름도 풍광도 퍽 아름답군요. 남해의 숨결을 고스란히 담은 앵강다숲길, 화전별곡길, 구운몽길, 다랭이지겟길, 망운산노을길, 고사리밭길, 말발굽길……

형의 세 번째 시집 『달의 뒷면을 보다』에 나오는 표제작이 이곳 설리에서 탄생했군요. 바다와 달이 만들어 내는 밤의 이중주를 우주의 풍경처럼 신비로운 이미지로 표현한 시.

"송정 솔바람해변 지나 설리 해안 구비 도는데/ 벌써 해가 저물었다// 어두운 바다 너울거리는 물결 위로/ 별이 하나 떨어지고/ 돌이 홀로 빛나고/ 그 속에서 또 한 별이 떴다 지는 동안/ 반짝이는 삼단 머리 빗으며/ 네가 저녁 수평선 위로 돛배를 띄우는구나" 이렇게 시작하는 시의 현장에 와서 보니, 정말 "별에서 왔다가 별로 돌아간 사람들이/ 그토록 머물고 싶어 했던 이곳"이라는 표현이 가슴에 와 닿습니다.

이곳 풍경을 "오, 은하의 물결에서 막 솟아오르는/ 너의 눈부신 뒷모습이라니!"라고 노래한 마지막 구절이 백미이군요.

왼쪽으로 펼쳐진 바다의 "눈부신 뒷모습"을 보면서 남해 금산 쪽으로 향하다가 높다란 구비길을 돌 때 갑자기 눈앞에 펼쳐지는 또 다른 바다와 마주쳤습니다. 이불 빨래를 털 듯 펑, 하고 나타난 바다는 아주 잔잔하고 그윽한 가운데 눈이 부시게 반짝였습니다. 여기서 생각했지요. 형이 보며 자란 바다는 바로 이것이다. 고요하지만 단 한순간도 멈추지 않으며 그 가운데 솟아나는 눈부신 시심(詩心). 이 시인을 만든 것은 바로 이 풍경이라고.

그곳은 상주 은모래비치였습니다. 바닷가 백사장 곁에

아담한 상주중학교가 있고, 그 학교 뒷산 공원묘지에 아버지 무덤이 있고, 그 학교에서 금산 절집까지 날마다 걸어 다니던 형의 학굣길이 겹쳐집니다.

참말로
아무 일 없다는 듯
이제 그만 올라가 보자고
이십 리 학교 길 달려오는 동안 다 흘리고 왔는지
그 말만 하고 앞장서 걷던 하석근 아저씨.

금산 입구에 접어들어서야
말이 귀에 들어왔습니다.
너 아부지가 돌아가셨……

그날 밤
너럭바위 끝으로
무뚝뚝하게 불러내서는
앞으로 아부지 안 계신다고 절대
기죽으면 안 된대이, 다짐받던

— 「하석근 아저씨」에서

상주 은모래비치 솔밭에 한참을 앉아 있었습니다. 초등학교 2학년 때 집안이 어려워져 가족 모두가 남해 금산의 한 암자로 들어가서 살았다는 형의 말이 생각났어요. 암자에서 생활하다가 이듬해 산 아래 상주에 심부름을 갔는데 학교 다니는 아이들을 보고 돌아와 "어무이, 나도 학교 댕기고 싶다"고 했다고. 그리고 그 이듬해 4학년으로 들어가면서 형의 인생에는 초등학교 3학년이 없다는 말, 재밌고 쓸쓸한 농담이었죠.

"그때 안 그랬으면 우짤 뻔했노"

그래요. 형의 이야기는 슬픈 농담 같아요. 절집에 얹혀 사는 형편이라 생활은 어렵고 가까스로 중학교에 진학했지만 외지의 고등학교까지는 갈 수가 없는 막막함. 그런데 마침 그때 학비가 전액 무료인 데다 기숙사 생활을 할 수 있는 고등학교가 새로 생겼고, 상위 3퍼센트 내 학생들 간의 경쟁을 거쳐 운 좋게 '공짜 고등학생'이 됐고……. 그러자 어머니는 '이제 됐다' 싶었는지 절집 공양주 생활 9년 만에 머리를 깎고 스님이 되셨지요.

대학교도 장학금을 받을 수 있는 학교를 선택해야 했고 대학신문사에 들어가 학보사 장학금까지 받아야 생활할 수 있었던 그 시절 형은 공부하고, 학보사 일하고, 시 쓰는 3인분의 삶을 살았죠.

그때를 돌아보며 형이 했던 말. "난 원대한 꿈을 갖고 그

걸 이루기 위해 최선을 다하는 그런 삶을 꿈꿀 수 없었어. 그때그때 선택할 수 있는 것 중에서 그나마 좋은 방향을 찾고 그렇게 걸어왔을 뿐이라. 어쩌면 내게 허용된 유일한 길을 찾아서 걸어온 건지도 모르지."

그리고 "그때 중학교에 못 갔으면, 그 고등학교가 안 생겼으면, 대학교에서 3인분의 삶을 살다 쓰려졌을 때 혼수상태 속의 중얼거림처럼 내 속에서 그 전과는 전혀 다른 시가 쏟아져 나오지 않았다면, 나는 참말로 우짤 뻔했노!"라며 우리와 함께 웃었지요. 우짤 뻔했노. 그때 안 그랬으면 우짤 뻔했노.

형의 성정은 늘 점잖고 푸근하지만 가만 보면 가끔 능청스럽기도 해요. 「가장 아름다운 곳」이라는 시에서는 남해안의 모든 아름다운 곳을 다 호명하더니 엉뚱하게 "세상에서 가장 아름다운 곳은/ 사랑하는 사람이 있는 곳"이라며 짐짓 딴청을 피우기도 하지요.

나는 형의 시를 이렇게 읽어요. 인류를 구원하는 지대한 메시지나 시류를 앞서가는 첨단의 실험성보다는 삶의 단면에서 발견되는 작은 진실, 화해와 용서가 필요한 시대에 고요히 바둑돌 하나를 내려놓는 '천천한 마음'이라고 말하고 싶어요. 바둑돌을 내려놓을 때 "세상 사람들! 나, 이 돌 여기에 놓는다!"라고 시끄럽게 떠드는 사람은 없잖아요. 더욱이 바둑돌 하나가 세상을 바꾸진 못하죠. 그렇지만 바둑이 끝나면 사람들은 늘 말하죠. 저 돌이 이 판의 승부를 가르는 지점이었다고. 그게 형의 시라고.

　상주 은모래비치를 떠나며 남해 금산의 너른 이마를 바라보았습니다. 금산 정상 부근, 상주 바다가 내려다보이는 쌍홍문 바위 아래에 형의 시 「산할미꽃」이 새겨져 있군요.

　　먼 바다 청명한 날엔
　　남해 금산을 다시 가네.
　　가는 길엔 홍진의 세월
　　눈 감고 귀도 닫고 잔가지에
　　솔잎 꽂히는 소리만 들으라네.
　　묵은 옷 발아래 벗고
　　하늬바람 산그늘 따라
　　흔들릴 때도 군말 없이 그 별빛
　　푸를 때까지 고개 들지 말라 하네.
　　살아 가파른 언덕
　　억새풀 뿌리 뻗듯 질기게 올랐다가
　　쌍홍문 돌틈바귀 산정을
　　저만치 두고 머리 하얗게
　　멈춰 섰는 그 사람 보라 하네.

　남해 금산을 보며 사는 사람들은 이렇게 예(藝)의 기운을 받아 시를 사랑하고 자연의 아름다움을 노래하는가 봅니다. 비록 개인의 삶이야 산할미꽃처럼 보잘것없더라도 별빛을 기억하고 바람의 결을 느낄 때, 그 접점에서 아름다움은 태어나는 것이니까요.

금산 보리암에서 금산산장 쪽으로 가는 길에서는 「바람난 처녀」라는 시를 떠올렸습니다.

"남해 금산 정상에서/ 산장으로 내려가다/ 화들짝 돌아보니// 봄바람에/ 치마꼬리 팔락이며/ 구름꽃 피워 올리는/ 얼레지 한 무더기// 칠 년 전 저 길/ 오늘처럼 즈려밟고/ 가신 어머니/ 수줍은 버선코."

이 시에 얽힌 얘기도 가슴 뭉클합니다. 얼레지의 꽃말은 '질투'로 많이 알려져 있지만 남쪽에서는 '바람난 처녀'로도 불린다는데, 그 꽃을 문학기행 중 여기서 발견했다고 했죠. 보라색 꽃잎이 살포시 고개를 숙이고 여섯 개의 앙증맞은 손을 내민 모습. 꽃이 완전히 개화할 땐 꽃잎을 곧게 세워 불꽃을 피우듯 하니 수줍은 그 모습 속에 은근한 도발성을 감추고 있다고나 할까. 그 자태가 하도 예쁘고 고아해서 한참 내려다보다가 날씬한 꽃잎 위로 젊은 날 어머니의 흰 버선코가 겹쳐 보였다니!

그 버선코의 곡선에 어머니의 창포 머리에서 맑게 풍기던 봄내음이 떠올라 먼저 가신 어머니, 남겨 둔 버선코에 얼레지 꽃잎 하나 얹어 드리고 싶었다는 그 말을 잊지 못합니다.

서포 김만중과 노도 '문학의 섬'

　금산 서편 바다에 있는 앵강만에서는 서포 김만중이 만년에 유배 살던 노도(櫓島)를 만났습니다. 이곳을 지날 때 잠시 멈춰 형의 등단작 「남해 가는 길 ─ 유배시첩(流配詩帖)·1」을 읽었어요. 1993년 중앙일보 신춘문예 당선작이지요.

　　물살 센 노량 해협이 발목을 붙잡는다.
　　선천(宣川)서 돌아온 지 오늘로 몇 날인가.
　　윤삼월 젖은 흙길을
　　수레로 천 리 뱃길 시오 리
　　나루는 아직 닿지 않고
　　석양에 비친 일몰이 눈부신데
　　망운산 기슭 아래 눈발만 차갑구나.
　　내 이제 바다 건너 한 잎
　　꽃 같은 저 섬으로 가고 나면
　　따뜻하리라 돌아올 흙이나 뼈
　　땅에서 나온 모든 숨쉬는 것들 모아
　　화전(花田)을 만들고 밤에는
　　어머님을 위해 구운몽(九雲夢)을 엮으며
　　꿈결에 듣던 남해 바다
　　삿갓처럼 엎드린 앵강에 묻혀

다시는 살아서 돌아가지 않으리.

형에게 김만중은 무엇일까. 때로는 바다가 삶과 죽음을 가르는 경계가 되기도 하고 정(正)과 사(邪)가 모호한 형벌일 수도 있다는 생각을 했어요. 서포 김만중은 말년에 이곳으로 유배를 와 3년을 지내며 「사씨남정기」, 「구운몽」을 쓰고 돌아가셨죠. 형은 서포를 공부하다가 그의 작품에 빠져들고, 마치 자신이 서포가 된 것처럼 동화됐다고 했지요.

300여 년 전 서포는 뭍에 계신 어머니를 그리워하며 어머니가 외로울까 봐 위로의 글을 쓰고, 형은 객지로 일하러 나가서 고향에 계신 어머니를 생각하고, 어머니는 그 아들을 위해 유자를 내복에 꼭꼭 싸서 소포로 보내고…… 3세기 전의 유배객과 그만큼의 세월이 흐른 뒤의 시인이 쓴 작품을 시공을 넘나들면서 음미하며 생각이 깊어졌습니다.

「이등병의 편지」를 작사 작곡한 가수 김현성 씨가 형의 시 「늦게 온 소포」에 노래를 붙이면서 혼자 눈물을 글썽였다는 얘기를 들었습니다. "남녘 장마 진다 소리에/ 습관처럼 안부 전화 누르다가/ 아 이젠 안 계시지……"라는 석 줄짜리 짧은 시 '한여름'에 곡을 붙일 땐 기타도 울고 그도 울었다고.

그가 부른 고두현 시노래 음반의 제목이 '어머니와 시와 남해'인 게 다 이유가 있었군요. 그 음반에는 「물미해안에서 보내는 편지」를 비롯해서 「빈자리」「남해 멸치」등 12편이 실려 있고…….

우리가 함께 나눴던 우스갯소리가 떠올랐어요.

"늦게 온 '소포', 물미해안에서 보내는 '편지'…… 소포와 편지를 소재로 했으니까 우정사업본부로부터 감사패라도 받으셔야 하는 거 아닙니까? 하하."

"소포와 편지라서 그럴 법은 한데, 안타깝게도 '늦게' 온 소포라 우체국 입장에선 반갑지 않은가 봐. 아무 연락도 없더라고, 허허."

우체국은 형을 외면(?)했지만 남해 사람들과 남해를 사랑하는 사람들은 정말 형을 각별히 생각하는 것 같습니다. 『물미해안에서 보내는 편지』 출간 이후 수많은 사람들이 시집을 들고 남해 문학기행을 떠난다는 이야기는 정말 부러워요. 통영에 가면 백석 시가 있듯 남해에 가면 고두현 시가 있고, 남해 군수도 문학예술 행사에서 시를 암송한다니 서울내기인 저로서는 질투가 날 정도입니다.

게다가 「남해 가는 길—유배시첩·1」 속의 김만중을 기리는 '남해유배문학관'이 생기고 '김만중 문학상'이 제정됐다는 이야기도 가슴 벅찹니다. 김만중이 유배됐던 노도(櫓島) 전체를 '문학의 섬'으로 조성했다니 남해 사람들의 문학 사랑이 더욱 놀랍습니다.

시인이 시를 위해, 문학을 위해 할 수 있는 일은 아주 많지만 무엇보다 좋은 시를 쓰고, 대중을 문학 가까이로 계속 불러들이는 일이 제 생각에는 중요한 듯합니다. 이런 일들이 일어나고 있는 남해, 남해 사람들, 참 아름답네요.

지족 죽방렴에서 빛나는 '남해 멸치'

지족해협을 가로지르는 창선대교를 건너면서 보니 다리 아래 멸치잡이 죽방렴이 늘어서 있군요. 남해 사람에게는 바다가 논밭보다 귀해서 빈약한 쌀농사의 결핍을 너른 바다가 채워 준다고 했죠.

지족해협의 원시죽방렴은 자연의 순리를 거스르지 않고 멸치를 잡는 원시어업 도구라고 들었습니다. 참나무로 된 말목을 바다에 V자 형태로 박고 대나무를 주렴처럼 엮어 만든 천연 어망. 조류 따라 폭 좁은 곳으로 몰려 든 고기를 물때에 맞춰 건져 올린다고요.

남해 죽방렴은 삼국시대부터 있었다는데, 이곳에서 잡히는 죽방멸치의 몸값이 최고라고 하죠. 물살이 워낙 세서 멸치들의 몸놀림이 빠르고, 잡힐 때 스트레스를 받지 않아 맛이 일품이라니, 그야말로 형의 시 「남해 멸치」의 "파닥파닥 꼬리 치는" 멸치의 "속 다 비치는 맨몸"이 여기에 있군요.

"오, 아름다운 비늘들" "죽어서야 빛나는/ 생애". 오늘도 너에게 가려고 그 맑은 몸으로 해협을 질주하는 남해 멸치는 우리 모두의 몸빛이자 몸노래라고 형이 그랬죠. "네 입술 네 손끝에서/ 반짝반짝 빛나는" 너!

　형, 남해 여행에서 돌아와 다시 형의 시집들을 열어봅니다.

　"여행은 즐거웠다./ 돌아오는 날 그는/ 흰 항아리 하나를 내게 주었다./ 그 속엔 자작나무// 잎들이 가득했다."(「자작나무 숲」에서)

　내가 본 풍경이 형이 준 항아리 안에 담겨 있고, 형의 그윽한 음성이 항아리 속에서 울립니다. 눈을 감으니 항아리 안에 상주 은모래가 반짝이고 금산의 너른 이마가 들어있군요. 억지로 말을 짓지 않고 눈을 스쳐 마음으로 들어간 것들을 그대로 꺼내 놓는 형의 시편들을 떠올려 봅니다.

　"해맑고 아름답고 곧고 깊으면서도 진국 같은 시"라고 신경림 시인이 호평한 시, 수평선 너머에서 밀려오는 단감빛 노을을 바다 단풍으로 포착한 눈빛, 길과 섬이 '부드럽게 휘어지고'와 '팽팽하게 당기는데'로 모아지는 이미지의 조합, 이제 막 흰 항아리에서 나온 것 같은 시. 앞으로 어떤 풍경과 어떤 사람들이 형의 시 속에 살고 있을지도 궁금해요.

　벌써 남해로부터 새로운 계절이 오고 있나 봐요. 이제 잎새들이 옷을 갈아입고 바람결도 달라지겠지요. 물미해안이 잘 보이는 거기 그 집 창가에 앉아서 우리 또 남해와 시 얘기를 나눠야죠. 한 잎 꽃 같은 섬 남해, 그 물빛을 닮아 발그레한 우리. 곧 문자드릴게요.

남해, 바다를 걷다

1판 1쇄 펴냄 2020년 5월 15일
1판 4쇄 펴냄 2023년 9월 22일

지은이 고두현
발행인 박근섭, 박상준
펴낸곳 (주)민음사

출판등록 1966. 5.19. (제16-490호)
서울특별시 강남구 도산대로1길 62(신사동)
강남출판문화센터 5층 (06027)
대표전화 02-515-2000 / 팩시밀리 02-515-2007
www.minumsa.com

ⓒ 고두현 , 2020. Printed in Seoul, Korea

ISBN 978-89-374-9125-2 (03810)